Explorateurs, experts au soccer!

Helaine Becker

Illustrations de
Sampar

Texte français de
Claude Cossette

Éditions Scholastic

Catalogage avant publication de Bibliothèque et Archives Canada

Becker, Helaine, 1961-
[Explorers out of bound. Français]

Explorateurs, experts au soccer! / Helaine Becker; illustrations de Sampar ; texte français de Claude Cossette.

(Étoiles de Baie-des-Coucous; 4)
Traduction de : Explorers out of bounds.

ISBN 978-0-439-94626-1

I. Cossette, Claude II. Sampar III. Titre. IV. Collection.
PS8553.E295532E9714 2007 jC813'.6 C2007-901002-4

Édition publiée par les Éditions Scholastic,
604, rue King Ouest, Toronto (Ontario) M5V 1E1 CANADA.

6 5 4 3 2 1 Imprimé au Canada 07 08 09 10 11

Table des matières

Chapitre 1

— Écoutez ça les gars! lance Nathan. En débarquant à Terre-Neuve en 1497, Jean Cabot devient le premier explorateur européen. Il était italien mais naviguait sous pavillon anglais. C'est en cherchant l'Asie qu'il s'est retrouvé ici.

Comme Félix, Nathan et Raphaël se sont vu attribuer du temps libre pour travailler sur un projet en sciences humaines, ils se sont rendus dans la cour de l'école pour commencer leur recherche.

— Regardez, continue Nathan en leur montrant la carte dans son livre. Personne

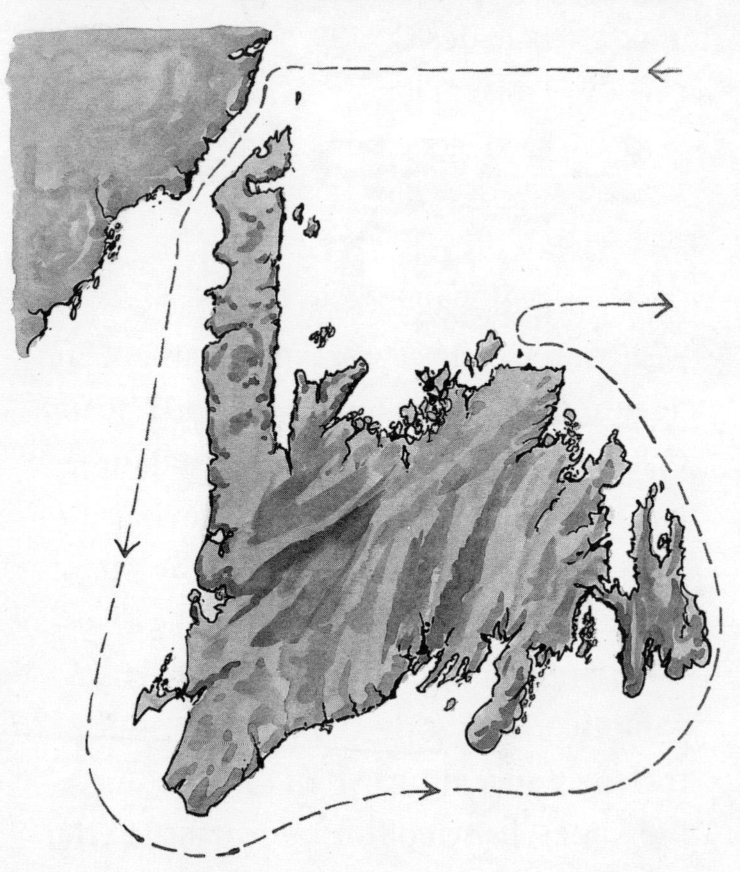

ne sait où le bateau de Jean Cabot a réellement accosté. Cette ligne pointillée montre la route qu'il aurait probablement suivie. Elle passe par cette anse. C'est nous, ça! Baie-des-Coucous!

— Tu crois qu'il pourrait avoir débarqué ici? demande Félix en contemplant la baie tranquille, au bas de la colline.

— Je ne sais pas, répond Nathan. Mais il est écrit qu'il a fait *deux* voyages et qu'il n'est jamais revenu du deuxième. Personne ne sait ce qui lui est arrivé.

— Qu'est-ce que tu fais? demande Raphaël qui observe Félix.

— Euh? marmonne Félix tout en continuant à regarder en direction de la baie scintillante.

— Tu tripotes quelque chose dans ta poche. Donne, dit Raphaël en tendant la main. J'espère que tu n'as pas encore cette stupide pièce de monnaie!

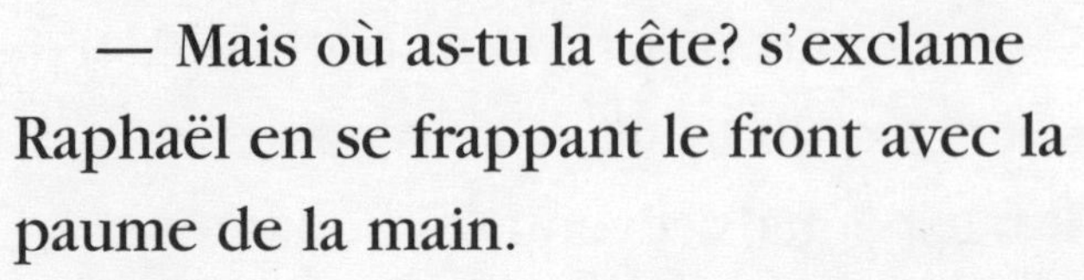

Félix vide sa poche. Elle contient quelques aimants, une gomme à effacer en forme de hamburger au fromage et une pièce de monnaie.

— Mais où as-tu la tête? s'exclame Raphaël en se frappant le front avec la paume de la main.

Félix fixe la pièce, l'air coupable. Il ne se rappelle pas l'avoir mise dans sa poche. Il doit l'avoir attrapée par hasard quand il a pris les aimants dont il avait besoin pour le cours de sciences.

—Est-ce que tu l'as frottée? demande Nathan.

Par le passé, chaque fois que Félix a frotté la mystérieuse pièce de monnaie, il est arrivé quelque chose d'étrange. Une fois, des pirates l'ont kidnappé. À une autre occasion, des chevaliers ont surgi, prêts à se livrer un duel à mort. Et il y a quelques mois, des Vikings sont arrivés avec la ferme intention de conquérir Terre-Neuve!

— Je ne sais pas! Je n'ai pas fait attention! dit Félix. Je regardais simplement l'eau en imaginant Cabot débarquant ici, et...

— Je n'ose même pas regarder, lâche Raphaël qui ferme les yeux avec force tandis que Félix scrute la pièce de monnaie.

— Est-ce qu'elle est différente? demande Nathan, se rappelant que chaque fois qu'un événement bizarre est arrivé, les faces de la pièce avaient changé.

La dernière fois que Félix a vérifié, il y avait une hache de guerre viking d'un côté et d'anciens caractères runiques de l'autre. Et maintenant, il constate qu'un bateau orne une face, et que sur l'autre, il y a une couronne sous laquelle les lettres H VII sont gravées.

La gorge de Félix se serre. Il lève lentement les yeux pour les poser sur l'eau étincelante de la Baie-des-Coucous. Elle a exactement le même aspect que tout à l'heure... sauf qu'un bateau en bois se berce doucement au gré des vagues.

Il s'agit du *Matthew*, le vaisseau à voiles de Jean Cabot.

Chapitre 2

Les trois garçons se ruent vers la baie dans la plus grande confusion. Une chaloupe s'approche du rivage.

— Eh, vous! lance Félix. Vous ne seriez pas Jean Cabot, par hasard? Si c'est le cas, vous feriez mieux de faire demi-tour. Vous n'êtes pas en Asie, mais à Baie-des-

Coucous. Vous n'avez rien à faire ici.

Cabot fait un pas sur le rivage rocailleux et s'incline devant Félix :

— Merci mon jeune ami pour votre... accueil. Mais pour l'instant, peu m'importe où je me trouve pour autant qu'on me serve quelque chose de décent à manger. La cuisine des Anglais est horrible, et encore pire sur un bateau. Je savais que j'aurais dû embaucher un vrai cuisinier d'*Italie*. Je donnerais mon bateau, mon or, et même l'Angleterre, pour des *spaghetti alla Bolognese.* Est-ce que vous avez des spaghettis ici à... Vous avez dit comment? Baie-des-Coucous?

— Oui, mais le poisson-frites est bien meilleur, déclare Félix. Ma grand-maman fait le meilleur...

— On s'en fout! interrompt Nathan. J'en ai assez! Vous n'êtes pas censés être ici! Vous n'êtes qu'une bande d'explorateurs abrutis! Je ne souhaite qu'une chose, que cette fichue pièce de monnaie disparaisse!

Nathan arrache la pièce de la main de Félix. Avant que quiconque puisse réagir, il la jette dans la mer.

Félix sent soudain qu'il va tomber dans les pommes. Il ferme les yeux de toutes ses forces.

Quand il les rouvre, un moment plus tard, le *Matthew* a disparu, la chaloupe n'est plus là, et Jean Cabot s'est aussi volatilisé.

— Nathan, t'as réussi! s'écrie Raphaël. Tu les as renvoyés!

Nathan est tout pâle :

— Je suis désolé, les gars, dit-il. Je me suis emporté. Je n'étais pas prêt à me lancer dans une autre « aventure ». Je ne suis pas de taille, c'est trop pour moi.

Félix lui met un bras autour des épaules.

— Quoi? Tu blagues? Je t'ai vu faire des passes pas mal risquées sur le terrain de soccer. Tu es un vrai fonceur.

— Les sports et la vraie vie, c'est deux

choses différentes, dit Nathan en grimaçant. Je suis content que le bateau soit parti.

— Si j'avais su qu'en me débarrassant de la pièce tout s'arrêterait, ça fait longtemps que je l'aurais fait, renchérit Félix. Je suis content, aussi, que tout soit terminé. C'était trop bizarre.

— Tout à fait d'accord, approuve Raphaël.

— Maintenant que tout ça est réglé, continuons de travailler sur notre projet, propose Félix. Ensuite, nous irons trouver le reste de l'équipe pour nous échauffer avant le tournoi de soccer de cet après-midi. OK?

— D'accord, répond Nathan avec un faible sourire. T'es un vrai ami, Félix.

Les garçons font demi-tour et s'apprêtent à remonter la colline, quand

leur regard se pose tout en haut, où se trouve l'école élémentaire de Baie-des-Coucous. Ou plutôt, où elle se *trouvait.*

Le *Matthew* et Jean Cabot ont disparu. L'école et le village de Baie-des-Coucous au grand complet aussi!

Chapitre 3

— S'il vous plaît, dites-moi que je rêve, dit Nathan en se frottant les yeux.

— Si tu rêves, remarque Félix, alors nous rêvons la même chose.

— Moi aussi, ajoute Raphaël. Mais si nous rêvons *tous* la même chose, cela veut dire que ce n'est pas un rêve. C'est donc la réalité.

Félix sent qu'il va s'écrouler :

— Récapitulons, dit-il. Toi, Nathan, tu as

lancé la pièce de monnaie dans la baie. Le *Matthew* a disparu, puis le village a aussi disparu. Ou peut-être que...

— Nous avons disparu, laisse tomber Nathan d'une voix entrecoupée.

— J'ai comme l'impression que nous ne jouerons pas notre partie de soccer cet après-midi, prédit Raphaël.

— C'est le moindre de nos soucis,

riposte Félix. Je pense que nous avons été envoyés dans le passé, en 1498.

— Ça veut donc dire qu'on a voyagé dans le temps à la place de Cabot, raisonne Nathan. Alors, il doit s'agir de Baie-des-Coucous dans l'ancien temps, quand les Beothuks vivaient ici.

— Les *quoi*? demande Raphaël.

— Les Beothuks. Les premiers habitants de Terre-Neuve. Nous en avons

déjà rencontré quelques-uns, fait observer Nathan.

Raphaël et Félix le dévisagent, perplexes.

— À L'Anse aux Meadows. Vous ne vous rappelez pas?

— Tu parles des Skraelings? fait Félix.

Il frémit en s'imaginant les Skraelings brandissant leurs harpons.

— Exactement, poursuit Nathan. J'ai cherché dans le dictionnaire. Les gens que les Vikings appelaient Skraelings étaient probablement des Beothuks qui vivaient ici même. Il n'y en a plus à notre époque. Le dernier des Beothuks est mort en 1829.

Raphaël n'a pas l'air dans son assiette :

— Je n'ai pas vraiment envie de rencontrer d'autres Skraelings, avoue-t-il.

— Trop tard, annonce Félix en jetant

un coup d'œil par-dessus l'épaule de Nathan. Ils arrivent.

Chapitre 4

Trois hommes, en vêtements traditionnels autochtones, se dirigent vers les trois garçons en se frayant un chemin dans les broussailles. Et Jean Cabot se trouve parmi eux!

— Eh! que faites-vous ici? demande Félix.

— Aucune idée! répond Cabot, en frappant dans ses mains. Mais vous arrivez juste à temps pour le festin! Pas de spaghettis, mais beaucoup de viande grillée assaisonnée aux fines herbes! *Delicioso!* Venez!

Cabot invite Félix et ses amis à suivre les Beothuks dans les profondeurs des bois.

— Tout va bien? lui demande Félix. J'espère que ces gens ne vous font pas de mal.

— Non, non, non! Ils m'ont accueilli chaleureusement, *eux*, fait Jean Cabot en jetant à Félix un regard entendu.

Tout en marchant, Félix s'informe :

— Où est votre bateau?

— Très bonne question. J'étais en train de vous parler et l'instant d'après, je me suis retrouvé en pleine discussion avec ce gentil chef, qui se nomme Nonosabasut.

Jean Cabot désigne l'homme le plus grand dont le corps est peint en rouge de la tête aux pieds.

— Enchanté de faire votre connaissance, dit Félix d'un ton poli à Nonosabasut.

Le chef lui répond d'un signe de tête.

— Écoutez, monsieur Cabot, chuchote Félix à l'oreille de l'explorateur, quelque chose d'étrange est arrivé. Nous croyons que votre bateau est resté coincé dans mon époque. Et nous — il montre du doigt Nathan, Raphaël, puis lui-même — avons été expédiés dans la vôtre. Nous pensons que c'est à cause d'une pièce de monnaie magique. L'avez-vous vue?

— Une pièce d'or?

— Oui.

— De cette taille environ? fait Cabot en écartant les doigts d'à peu près trois centimètres.

— Oui!

— Non, dit Cabot, je ne l'ai pas vue. Mais il se pourrait que Nonosabasut l'ait. Je l'ai vu qui ramassait quelque chose de petit et brillant dans l'eau. Il s'agit peut-être de votre pièce.

— Si c'est le cas, il faut qu'on la récupère, soutient Félix. Sinon, vous ne reverrez plus jamais votre bateau.

— Et nous ne retournerons plus jamais à Baie-des-Coucous. Je parle de la vraie Baie-des-Coucous, précise Raphaël.

Ils parviennent à une clairière où un cuissot de viande cuit à la broche.

— *Mangiamo*! Mangeons! lance Jean

Cabot en se frottant le ventre avec gourmandise.

Les nouveaux venus se joignent aux Beothuks autour du feu. Leurs hôtes sont fort sympathiques et, peu de temps après, Félix et ses amis dévorent à belles dents des morceaux de viande qui grésillent.

— En quel honneur y a-t-il un festin? demande Félix la bouche pleine.

— Ils chassent un gros animal, ici, répond Jean Cabot. Tu le connais? Je crois qu'ils font une fête parce que la chasse a été bonne.

— Le caribou, dit Félix en hochant la tête. Parfois, le troupeau passe par ici. Et ça goûte vraiment la viande de caribou. Miam-miam.

— Si tu ne veux pas manger du caribou le reste de tes jours, rappelle Nathan, nous devrions commencer à réfléchir à la façon de récupérer cette pièce de monnaie. Plus que trois heures avant le début de la partie. Et ça, c'est si ma montre fonctionne toujours, poursuit-il en y jetant un coup d'œil. Penses-tu pouvoir nous ramener à temps?

— Il faudrait un miracle, observe Félix. Et même si nous retrouvons la pièce, nous ne savons pas comment nous y prendre pour retourner chez nous.

— Je suppose qu'on n'a qu'à la relancer à la mer, suggère Raphaël.

— C'est une idée, concède Félix en se levant. Je vais aller parler à Nonosabasut.

— Attends! l'arrête Nathan. Je suis le nono qui a lancé la pièce. C'est moi qui devrais lui parler.

— Allons-y tous ensemble, propose Félix. On est une équipe, après tout.

Félix, Raphaël et Nathan laissent derrière eux Jean Cabot qui mastique bruyamment et partent à la recherche du chef beothuk.

Chapitre 5

Nonosabasut est accroupi sous un arbre tordu en compagnie de trois autres hommes. Ils jouent avec des pions en os sculpté. À les entendre rire, ils s'amusent beaucoup.

— Euh, excusez-moi, fait Félix. Est-ce que je peux vous parler?

Nonosabasut lui fait signe d'approcher. Il dit quelque chose en beothuk que le garçon interprète comme une invitation à jouer.

Félix se met à genoux. Le chef lui désigne quelques perles en coquillage, un ornement en plumes et une pointe de flèche, qui ont été disposés tout près.

— Je crois qu'il veut que tu mises quelque chose, dit Raphaël.

— Essaie ta gomme à effacer en forme de hamburger, suggère Nathan.

Lorsque Félix leur montre la gomme à effacer, les Beothuks se mettent à pousser des cris admiratifs. Le garçon l'ajoute à la pile.

Ils commencent à jouer. Mais comme Félix ne parvient pas à suivre les règles, un Beothuk au sourire édenté ne tarde pas à remporter sa mise.

Les parties s'enchaînent. Félix ne fait que regarder. Il ne comprend toujours pas le jeu et commence à s'ennuyer ferme. Il en est à se demander comment aborder le sujet de la pièce de monnaie quand Nonosabasut fouille dans ses hauts-de-chausses et l'en sort. Le chef est sur le point de la miser!

Il faut absolument que je gagne cette pièce, se dit Félix, *mais je n'y arriverai jamais en jouant à ce jeu.*

Il se creuse les méninges. Pourquoi ne pas proposer un autre jeu, un jeu où il aurait une chance de gagner? Un jeu, comme, par exemple, le soccer?

Félix tousse pour attirer l'attention des Beothuks. Il montre du doigt la pièce de monnaie, puis lui-même, et déclare :

— Je vous lance un défi dont l'enjeu sera cette pièce. Mais je ne vais pas jouer à votre jeu, poursuit-il en secouant la main au-dessus du jeu tout en faisant une grimace. Vous jouerez au mien, et je parie que…

Félix promène son regard tout autour.

— Nathan, dit-il, donne-moi ta montre.

Nathan s'exécute. Toutes les conversations s'arrêtent sur-le-champ.

— Regardez ce qu'elle peut faire! dit Félix en appuyant sur quelques boutons pour déclencher la sonnerie.

On entend l'air de *La soirée du hockey*. Les Beothuks en ont le souffle coupé.

— Ouais, la montre est merveilleuse, admet Félix, mais si vous la voulez, vous

allez devoir jouer au soccer. Raphaël, mets un but là-bas. Prends des branches, des roches, n'importe quoi. Nathan, va chercher un de ces contenants en peau qu'ils utilisent pour faire la cuisine. Remplis-le de gazon ou d'autre chose; ça fera notre ballon. Nous allons leur montrer ce qu'est une fusillade au soccer.

Il n'est pas difficile de faire comprendre aux Beothuks qu'ils doivent tenter de faire entrer le ballon dans le but d'un coup de pied, chacun leur tour. Après s'être exercés un peu, les joueurs se mettent en rang, prêts à commencer. Raphaël va se placer devant le but de fortune pour bloquer le premier tir des Beothuks.

— Attendez!

Le cri a été poussé par Jean Cabot qui fonce à travers les broussailles en

essuyant la graisse de caribou sur son menton.

— Êtes-vous en train de jouer au football? C'est incroyable! Comment se fait-il que vous connaissiez ce jeu? J'adore le football! On y jouait toujours dans le temps, à Venise où j'ai grandi!

— Alors, pouvez-vous être notre gardien de but? demande Nathan. Nous faisons une fusillade. Si nous gagnons, nous récupérerons la pièce de monnaie.

Oh, en passant, nous appelons ça le soccer, ici.

—*Bravo*! s'exclame Jean Cabot. Je vais bloquer tous les tirs des Beothuks et vous pourrez ainsi ravoir la pièce magique.

Cabot se délie d'abord les muscles en faisant des flexions, des fentes et des pliés.

— *Andiamo!* Allons-y! lance-t-il enfin.

Nonosabasut est le premier. D'un coup de pied, il fait voler le ballon au-dessus de la tête de Jean Cabot, jusque dans les buissons.

Nonosabasut grogne. Les autres Beothuks se mettent à rire et l'envoient chercher le ballon.

Le gardien beothuk va prendre la

place de Jean Cabot. C'est au tour de Raphaël de tirer.

Le garçon prend une profonde inspiration et fonce vers le ballon. Le coup retentit et il marque un but!

C'est de nouveau au tour des Beothuks. Le deuxième Beothuk pousse un cri de guerre déchaîné qui fait s'étrangler de rire ses coéquipiers. Mais lorsqu'il le frappe, le ballon part en flèche en direction de Jean Cabot et

passe par-dessus son épaule avec un sifflement. Le pointage est égal : 1-1.

Nathan est le suivant. Il croise les doigts et frappe de toutes ses forces le ballon qui file tout droit sur le gardien des Beothuks. Mais à la dernière seconde, il bifurque vers la gauche. Un autre but pour Baie-des-Coucous!

Le dernier Beothuk marque aussi un but. C'est maintenant au tour de Félix. Il se concentre sur le fait qu'ils ont

absolument besoin de la pièce s'ils comptent rentrer chez eux un jour. Félix serre les poings, contracte les mâchoires et exécute son botté.

Le ballon semble tournoyer dans les airs au ralenti. Le gardien beothuk plonge pour l'attraper mais en évalue mal la vitesse. Le ballon vole dans le but.

Les Étoiles de Baie-des-Coucous ont remporté la fusillade!

Lorsque les équipes se serrent la main,

Nonosabasut leur remet la pièce de monnaie de bonne grâce. Félix est tellement content qu'il a l'impression qu'il va exploser.

— Vite, sur la plage, *pronto*, crie-t-il.

Raphaël, Félix et Nathan partent en courant.

— S'il vous plaît, faites que ça marche, prie Nathan.

— Peut-être que nous devrions nous tenir, suggère Raphaël.

— OK! Accrochez-vous bien! approuve Nathan en le prenant par le bras et en attrapant Félix par le coude. Allez Félix, lance-la!

Félix ferme les yeux et frotte la pièce. Il prend une profonde inspiration, puis la projette de toutes ses forces dans la mer.

Félix a l'impression que quelque chose le tire et puis ressent la même sensation de vertige. Quand il rouvre les yeux, l'école est là! Il expire, soulagé. C'est alors qu'il entend une voix.

— *Bravissimo!*

Jean Cabot lui serre la main droite tellement fort que le garçon en a les doigts en compote.

Chapitre 6

— J'ose espérer que tu n'avais pas l'intention de m'abandonner dans cette époque-là sans mon bateau, dit Jean Cabot.

— Euh, non... répond Félix, n'osant pas avouer qu'en fait la pensée lui avait effleuré l'esprit. Jean Cabot appartient au passé, après tout.

— Et le voilà! lance Jean Cabot en faisant un geste de la main en direction du *Matthew*. N'est-il pas splendide! poursuit-il en portant ses doigts joints à ses lèvres.

— Mais il n'y a personne à bord! fait remarquer Nathan. Où est l'équipage?

— Bonne question, réplique Jean Cabot d'un air mécontent, en se croisant les bras. Il n'y a qu'une chose qui pourrait amener mon équipage à quitter le bateau : le football. Ou peut-être bien un bon poisson-frites.

— Allons voir ce qui se passe! lance Félix. Venez!

Ils gravissent la colline à toute vitesse pour se rendre au tout nouveau Grand Parc médiéval. Les amis de Félix, les chevaliers sire Norbert et sire Hugues, organisent un tournoi de soccer pour inaugurer leur nouveau parc d'attractions.

Des gardiens en armure saluent au passage les gens qui entrent à flot dans le stade. Félix aperçoit son amie et coéquipière Audrey Bourgeois traînant un sac qui contient chaussures et ballons de soccer.

— Qu'est-ce qui se passe? lui demande Félix.

— Dieu merci, vous voilà! s'exclame Audrey. Au village, les Maraudeurs ont fait courir la rumeur qu'ils allaient nous écraser, nous, les Étoiles. Presque tout le monde est venu nous encourager. Ça va être la partie la plus importante de l'année!

— Pour l'ouverture officielle du parc, il va y avoir une partie spéciale entre une équipe européenne en visite et les pirates! ajoute Jérémy Houle, qui arrive derrière Félix. Ça va être super!

— Mais où étiez-vous passés? s'informe Audrey.

Félix lui raconte rapidement leur aventure. Elle le regarde, les yeux exorbités :

— Tout est de plus en plus fou, dit-elle.

Où est la pièce de monnaie maintenant?

— Disparue pour toujours, je l'espère, répond Félix.

— Bon débarras, ajoute Audrey. Cette pièce n'apporte que des problèmes. Bon, arrêtons de nous plaindre et allons-y. J'aimerais m'échauffer avant d'entrer sur le terrain.

Une fois dans le stade, Félix aperçoit quelques membres de l'équipage du *Matthew* assis sur les gradins. Ils beuglent une sorte de slogan de soccer. Félix espère qu'ils vont encourager l'équipe de

Baie-des-Coucous quand ce sera le temps. Le garçon fait signe à Jean Cabot pour lui indiquer la présence des membres de son équipage. Le capitaine se précipite vers eux et se met à crier, leur reprochant d'avoir quitté le navire.

Félix court au vestiaire.

— Tiens, dit Jérémy Houle en lui lançant son maillot et ses chaussures à crampons. Je les ai pris dans ton casier car personne ne savait où tu étais. Audrey a ceux de Nathan et de Raphaël. Où étiez-vous donc? On vous a encore kidnappés?

— On pourrait dire ça, laisse tomber Félix avec un large sourire avant d'enfiler protège-tibias, chaussettes et chaussures.

— OK! lance Audrey. Montrons-leur qui sont les plus forts!

— Baie-des-Coucous! crient les jeunes en chœur.

Ils sortent du vestiaire à la queue leu leu. Les pirates sont déjà sur le terrain en train de s'échauffer.

Un moment plus tard, les « visiteurs » arrivent, qui sont nuls autres que Jean Cabot et son équipe d'explorateurs! Cabot interpelle Félix :

— Maintenant, tu vas voir ce qu'on peut faire avec un ballon de football!

Au coup de sifflet de sire Norbert, la partie de dix minutes commence. Les Européens donnent tout un spectacle; leur jeu est flamboyant! Pas étonnant que les Anglais et les Italiens comptent parmi les meilleurs joueurs de soccer au monde. Les pirates font de leur mieux, mais ils ne sont pas de taille face à l'équipe d'explorateurs du *Matthew*. Le pointage final est : Explorateurs 4, Pirates 0. Les pirates encaissent la défaite aussi bien que d'habitude.

L'heure de la vraie partie de la journée est enfin arrivée — les Étoiles contre les Maraudeurs.

Alors qu'ils font leur entrée au pas de course sur le terrain, Simon interpelle Félix d'un ton moqueur :

— Tiens, si ce n'est pas mon vieil ami Michaud qui va se faire battre une fois de plus!

— Tu veux plutôt dire, qui va te battre une autre fois? rétorque Félix alors que l'arbitre arrive précipitamment pour commencer la partie.

Tony Mory balance son sifflet au bout de son cordon et déclare :

— Je m'attends à ce que vous jouiez de bonne guerre, ok? Je vais lancer cette pièce de monnaie pour déterminer de quel côté, nord ou sud, chaque équipe jouera d'abord. Félix, tu fais partie de l'équipe locale, tu choisis pile ou face?

— Face.

Tony tient la pièce de monnaie

au-dessus de sa tête. Elle brille au soleil : la pièce magique!

— Où as-tu trouvé ça? fait Félix, d'une voix étranglée.

— Je l'ai empruntée à Simon, répond Tony.

— Où est-ce que t'as trouvé ça, Sanscœur? demande Félix.

— Quoi, c'est à toi? questionne Simon.

— Oui… Je l'avais perdue… avoue Félix.

— N'essaye pas de m'avoir, objecte Simon. Je suppose que tu l'aurais tout simplement laissée tomber dans mon sac de soccer? Allez, Toto, lance.

— Je m'appelle Tony, petit, riposte le pirate avec un grognement.

Il lance la pièce en l'air. Elle tourbillonne et scintille dans le soleil de l'après-midi, puis retombe dans sa main.

— Face, dit Tony. Je te redonne ta pièce, Sanscœur. Félix, de quel côté veux-tu commencer?

Félix ne s'est pas rendu compte qu'il avait retenu sa respiration. Il expire doucement, soulagé de constater qu'il se trouve toujours sur le terrain de soccer.

— Sud, dit-il.

Tony donne un coup de sifflet. La partie commence!

Les équipes sont de force égale et le pointage demeure 0-0 pendant la première moitié.

À la mi-temps, Félix raconte à Raphaël qu'il a vu la pièce de monnaie.

— Alors, c'est maintenant Sanscœur qui l'a? Qu'est-ce qui va se passer s'il invoque des monstres préhistoriques ou de méchants sorciers? Il faut qu'on la récupère!

— Ouais, reconnaît Félix, mais comment?

Un coup de sifflet annonce le début de la seconde mi-temps. Félix prend sa position.

Dans les gradins, l'équipage de Jean

Cabot crie à tue-tête. Félix essaye de comprendre les mots qu'il scande. Il n'est pas certain, mais on dirait : « Chili frites, chili frites! »

L'arbitre place le ballon au centre du cercle. Les Maraudeurs foncent droit devant et le ballon s'envole, frappé par Simon.

Laurie Crochet parvient à l'intercepter avec le haut de son corps, puis entreprend

une montée à gauche. Elle fait une passe à Nathan, qui refile le ballon à toute allure à Raphaël, de l'autre côté. C'est alors que Giguère arrive en trombe et percute Raphaël, qui tombe par terre!

Raphaël roule sur le gazon tant il a mal.

— Ma cheville! gémit-il en se tenant la jambe.

Tony Mory donne un coup de sifflet et

va aider Raphaël à se relever.

— Peux-tu marcher? demande-t-il.

Pour toute réponse, Raphaël grimace de douleur. Il ne peut même pas poser son petit orteil au sol.

— Je suis fait, déclare-t–il.

Audrey arrive en courant. Elle passe un bras autour de Raphaël pour l'aider à regagner le banc.

— Il nous manque des joueurs, constate-t-elle. Lacroix, Rakowski et Dukakis avaient un concert qu'ils ne pouvaient pas manquer. Sans toi, Raphaël, nous n'aurons pas de remplaçants.

— Faux, intervient Jean Cabot, qui est accouru sur le terrain au coup de sifflet. Ils ne devraient pas profiter d'un jeu malhonnête. *Je* vais remplacer Raphaël. C'est un bon garçon.

Audrey jette un coup d'œil à Tony

pour voir s'il approuve. Il hausse simplement les épaules et dit :

— Alors, en position!

Au coup de sifflet, Félix, d'un coup de pied, expédie le ballon à Audrey, qui le

passe à Jean Cabot. Celui-ci se laisse distancer puis fait une passe à Laurie. Mais Sébastien Tremblay exécute un beau blocage, lui vole le ballon et fait une longue passe à Simon.

Simon monte jusqu'au filet avec le ballon. Ils sont face à face : Simon contre le gardien de but des Étoiles, Jeanne Dubé. La foule retient son souffle. À la dernière seconde, Félix surgit de nulle part et bloque le coup de Sanscœur. Jeanne est alors en mesure d'attraper le ballon, dont le tir a été amorti, et ainsi de stopper l'attaque des Maraudeurs.

Une formidable clameur s'élève des gradins. Malgré le vacarme, Félix arrive à distinguer un autre slogan des explorateurs. Cette fois-ci, il entend quelque chose comme « Na-CHOS! Na-CHOS! »

Moins d'une minute à jouer.

Jeanne fait un dégagement. Félix dévale le terrain à toute vitesse, le cœur battant comme un tambour.

Jean Cabot prend le contrôle du ballon

à l'aide de jeux de pieds compliqués et parvient à se faufiler devant Sébastien Tremblay. Il fait une passe à Laurie qui lui renvoie immédiatement le ballon. Jean Cabot exécute une volée en ciseau et

passe le ballon à Félix. Le garçon fait une montée avec Cabot, en conservant le ballon. En approchant du filet, Félix aperçoit une ouverture — le gardien des Maraudeurs est mal placé.

— Tire, vite! hurle Jean Cabot.

Félix tire et le ballon file droit dans le but!

Tony Mory donne alors un coup de sifflet. La partie est terminée. C'est une victoire pour les Étoiles!

Chapitre 7

La foule est en liesse. Les Étoiles se précipitent au champ centre et c'est l'empilade. Félix, qui se retrouve tout en-dessous, ne se rend pas compte que Simon et les autres Maraudeurs quittent le terrain.

— Attendez! Arrêtez! parvient-il

enfin à crier. Enlevez-vous, dégagez! Il faut qu'on récupère la pièce de Sanscœur!

— Trop tard. Il est parti, dit Laurie.

— Qu'est-ce que vous pensez qu'il va faire avec? se demande Félix à voix haute.

Raphaël hausse les épaules :

— Si on a de la chance, la pièce va le faire disparaître pour toujours.

— Et sinon? demande Félix.

— J'imagine qu'on continuera à avoir Sanscœur sur le dos, et tous les tracas qu'il entraîne avec lui, répond Nathan.

— Et les explorateurs? continue Félix.

— Même avec la pièce, je ne suis pas sûr qu'il nous aurait été possible de les renvoyer dans leur époque. On dirait que la pièce fait ce qu'elle veut, observe Raphaël.

— Les explorateurs m'ont l'air assez contents, remarque Audrey.

En fait, Jean Cabot et son équipage sont plus que contents — ils sont aux anges.

Collés au comptoir du casse-croûte, ils lèvent leur verre de sloche à la santé des vainqueurs. Devant eux s'étale une impressionnante commande : poisson-frites, nachos, frites et chili, saucisses italiennes de trente centimètres de long, et même une assiette de spaghettis baignés de sauce.

— C'est ce qu'on a mangé de meilleur depuis notre départ d'Italie, déclare Jean Cabot. Mes hommes et moi, nous adorons Baie-des-Coucous. Nous avons décidé de rester.

— J'ai offert au capitaine Cabot du travail à l'aréna de Baie-des-Coucous; il s'occupera de la friteuse, annonce le capitaine Barbe Noire-et-Bleue. Et son équipage sera chargé du ménage. Il nous manque du personnel depuis l'ouverture du Grand Parc médiéval, et Norbert a volé

mes meilleurs employés.

Félix s'adresse à Jean Cabot :

— Bienvenue à Baie-des-Coucous, sincèrement, dit-il en lui tendant la main. Et merci d'avoir remplacé Raphaël. Nous aurions perdu, sans vous.

— *Non importa*. C'est sans importance. Vous pouvez venir manger une saucisse sur bâtonnet quand vous voulez. Aux frais de la maison! *Ciao*, les amis!

Nathan, Raphaël et Félix commandent chacun un cornet glacé avant de rentrer chez eux. Tout en marchant, ils aspirent bruyamment avec leur paille.

— Je crois que nous savons maintenant pourquoi Jean Cabot n'est jamais retourné en Angleterre en 1498, commente Raphaël.

— Ouais, il a décidé que la vie — et la bouffe au menu — étaient meilleures à

Baie-des-Coucous, dit Nathan.

— Je dois avouer que je suis d'accord avec lui, conclut Félix. Pas vous?